밥

장윤식 시집

밥

장윤식 시집

예술의숲

시집을 내며

내 부끄러운 삶을 알게 해주는
정민희와 송재분

그리고 얼마 전 떠난
정훈구 아버지에게
이 영혼의 책을 바칩니다

◈ 차 례 ◈

시집을 내며 __ 5

1부. 안개꽃 아침

친할아버지 __ 15
어린 시절 __ 16
꽃숭이 __ 18
봄 __ 20
꽃 __ 21
속리산·1 __ 22
법주사 __ 23
이 퍼롱한 아침 __ 24
오리야 __ 25
시대 __ 26
사랑이었지 __ 27
안개꽃 아침 __ 28
냥푼이 __ 29
해 저녁·1 __ 30
여우각시 __ 31
여름 밤 __ 32
산비 __ 34
사랑방 __ 36
오두미 __ 37
운명 __ 38

2부. 그리하여 봄은 오고

달이 숨었던 그 언덕으로 __ 41

질병 __ 42

태양이 맑었지 __ 43

그리움 __ 44

나는 누구의 노예였나 __ 45

사랑 __ 46

시 한 줄의 여인 __ 47

겨울 숯대 __ 48

별 __ 50

가난 __ 52

추일오벽 __ 53

그리하여 봄은 오고 __ 54

농사촌 __ 55

무소유 __ 56

동녀의 자살 __ 58

창꽃아 __ 60

예술 __ 61

산으로 가자 __ 62

나는 당신을 믿어요 __ 64

진달래 꽃 __ 66

3부. 일기를 쓴 가을

일기를 쓴 가을 __ 69

강아지 __ 70

시골 노래 __ 71

미호천 __ 72

진천 농다리 __ 74

고향마을 __ 75

무심밭 __ 76

가수나에서 숙녀 __ 78

호롱불 __ 80

내 어린 시간 __ 81

방죽가래실 감상 __ 82

부조리 __ 84

괴산 호국원 __ 86

내가 일곱 살 때 __ 88

시인이 되고 싶은 __ 89

추억 __ 90

이 즐거운 비를 맞었다 __ 91

청주의 감정 __ 92

매미야 우느냐 __ 93

벽 __ 94

비애 __ 95

말똥구리 __ 96

4부. 기차오는 저녁이면

가을 조상 __ 99

자존감 __ 100

울든 아이가 __ 102

할배 __ 103

아배가 기다렸다 __ 104

자장가 __ 105

늪 __ 106

의미 __ 107

가난뱅이 __ 108

늙은이 노래 __ 110

벚꽃 귀경길 __ 112

감자꽃 __ 114

새의 왕 __ 115

소절 노랫가 부르는데 __ 116

막노동꾼 __ 117

미호천 가변 __ 118

기차오는 저녁이면 __ 120

새든 저녁에는 __ 121

봄내 __ 122

5부. 저녁은 사랑을 말한다

슬퍼서 느티나무라니 __ 125

정신질환자 __ 126

울타리 저녁 __ 127

심령술사 __ 128

별 __ 129

이별 나들이 __ 130

눈이 내린 저녁 __ 131

젊은 나이 __ 132

정다운 여인이여 __ 133

사람꽃 __ 134

부엉이 __ 135

저녁은 사랑을 말한다 __ 136

마을 __ 137

들쥐 고방에 오른 여덟 달 __ 138

허물 __ 139

여인 __ 140

가경동 공원 __ 141

고통 __ 142

6부. 봄볕은 노랫가락

가경동 꽃 카페에서 __ 145

건널목 __ 148

꽃길에서 __ 150

담배꽁초 __ 152

무심천 __ 154

뜨란채 담길에 __ 156

밥 __ 157

봄길 __ 158

봄 __ 159

봄꽃 __ 160

봄볕은 노랫가락 __ 161

시꽃 __ 162

비가 내리면 __ 164

세상 여인들 __ 165

솔방울 __ 166

아, 잔인한 날인 것을 __ 167

시와 꽃길 __ 168

청주 아이 __ 170

찹쌀떡 __ 172

청주 직지문 __ 173

해야 __ 174

1부. 안개꽃 아침

친할아버지

그리워서 낯선 그리웁던
낯익은 버드나무 몇 백년 더 넘을 고개와
세월이 간 사방공사터에 흙짐에 지겟다리 받고 추는 할배 애기

일본은 우리를 죽였다
간직한 그들의 긴 칼 주재소에서
또 우리는 보았다
남긴 뿌리로 배를 채운 부자와 다스리는 정치 벌레들을
그전 순사와 법밥들의 탕탕쾅쾅 뚜드리는 찌른

아버지 어매 동생 손자의 피가 고여 있는 오늘도 력사가 된다
백정처럼 날카로운 나의 고향사람들 앞에서
저수지 버드나무 그늘에서 보았다

친할아버지의 선비를
나는 무엇을 읽을 것인가

어린 시절

아배가 심어 놓은 벌은
수선하기는 해도 꿈은 웅글스러웠다
꿈 꿔서 이루는
발바닥은 커져서
아즈까리 씨앗만큼 늘었다

한동안 가보지 않은 길
그때는 자라지도 멈추었던 키 대가리가
한종일 밉고 서글픈지
봄슬바람은 느낌보다
내 많은 불만과 뜻 없는 불운들이 있었다

지붕은 한없이 다정한 용마름으로
짚새기는 갈대밭 이불 같은
따뜻하니 봄길에
얼마나 대단하고 순수했다는 말이든가
알길 없는 그 산개울은
거하게 살아있는
옹기 속 관심은 말이네
터지는 두 팔
봄하눌 종달이 높게 날아간

두발 사이엔가 그득했던
기을 하늘이는 파래고 앝이 열리었던
그랬다고 나의 나날은

어린 시절 아래
낫대간 이 귀한 냉갈내
엎데여 있던 즐거운 놀이개를
어데서 오는지 모르지만
집대 얼굴을 비춰고 있다

꽃숭이

그만 가라고
자즈러지게 봄은 오는 건데
즈믄 밤은 새이하여
꽃은 이별
이별이라 하여 꽃이다

나는 끼니를 거른
머슴 같은 이조시대와
노동자 현실에서 비웃든지
아릇 마을 그 어매는
유월 산장미를 쩌두고 다니었다

그녀의 꽃숭이
이제 와서 어쩌니 슬플듯한데
오라고 한 입속말은
그만 가라고
붙어서 슬픈 끝말이 된다

봄편 치마바우처럼
그런 눈섶 논물 같은 빗물슷이
스쳐가는데 넌 말했지

홀로 있다가 꽃숭이
그가 그만이 가란 말을······.

* 슷이 : 깨끗하게 닦다

봄

쩡쩡 쬐이는 통꽃이가
마냥 개울에 울었지
모래변 송사리 검물물 통속 붕어들이
널은 쟁변으로

뚝치 땅버들 아랜 쑥쑥방석으로
이렇게 개울에 놀러오면
보라빛 검둥제비 날어와
물새를 쫓겨 냈다

물비엔 돌아가는 먹장구름 돌돌 말어 간
멀은 벌뜰 초립 갓갓한 누린내를
엎고 갔다는 동네 농사집으로
누릉황소가 입담을 즛었다

볏집 지붕 흙담집은 골골이도
아침마다 서리가 내서
초립 머우대 하롯날은
욱적하니 씨들씨들 하다

꽃

꽃이 들어서 자라고 퓌우고
이젠 덜어서 나의 눈물에 희오의 약을 츠고

또는 허름한 산에서
사랑한다 그대의 눈빛을 외치고 뭉크러진 가슴을
12월은 악악 거닐었던 화포에 널 꽂는다

봄 개나리 울밑에 나서
한가로운 묘지에 어느 날 나를 묻고
너를 찾은 이맘때쯤인가
나의 발축에는
애증도 이별도 슬픔까진 사라지고

꽃을 다시 보지는 않을라고
억병으로 약속을 밝혀서 늘이고
새 한밤 세이지 않은 뜬 눈으로 나는 여기서 겨울 꽃을

하지만 가을에도 울고 있는 꽃인가
가름도 아니게 나 였드랬소
울고 있소 나를
그래서 꽃이라고요

속리산 · 1

법주사에 잡았던 계곡 냇가엔 얼음들도 있어
투명한 겨울이 닿을듯 찌른
소나무 여러 해 자랐지

커피 본점에 그림을 말하던
산집에 네모드렇게 앉았는데
손잡은 물가 징검다리 돌틈으로
그녀 가슴 뽀얗기만해서 가을은 기울었지
찾은 봄 종소리는 쉬이 바람 따러서
산길 숲가로 왔지

비빔밥 도토리묵 파전 한두쪽은 낯설었는데
지금 그리니 넷날 같으면 식칼자루 주모 같았다
비분이니 로승이니 다 한끝으로 찾지를 않았다

속이 깊어서 여행지 가판 너머 속리산 구름은
나를 부르지 않았고
그녀가 슬퍼서
골짜구니를 거닐다 간 꼭다기 바우섶
물은 산에서 쉬는 걸 알았다

법주사

보은으로 법주사에 수문 귀를 열고
나이 든 노송을 찾어 군왕을 뵈이었지

한밤엔 꿈으로 이루기를
오팔색 단추 빗텁이라고 써놓았지
흘러가는 구름 법주사 안 토방돌 있고
누가 그 훌륭하고 화려한 단청을 씹을 까닭은 아니오만
고승은 소리도 없고 금강주 나무 요란 깔고
공양하는 종소리가 머얼리 무연하다

속리산 바우섶 여기요
저기 앉은 뿌리가 력사요
그 누가 현자인가
부헝이라도 모를걸

아가야 동자야 우리 집 엇소나 타고
거문고 가야금 한숨이나 뜨더 가잔다

이 퍼롱한 아침

이 퍼롱한 아침
나이반 시철은
울먹울먹 가는
솟쟁이 얽은 서릿내 지붕이여도
애보개 간 난들만이
한철 자주고름 붙든 것을
무얼 밭으로 갈지

산 넘어 진펄 곱단이만 좋다고
꼭다기 개암순 봄이 좋다나
횃대로 낀 종대 말로
껌정 셔츠를 달어 걸지
문들 간 숲 고향 좋단다

아가씨야 아가씨냐
너희만 좋으면 뭘 하니
이 산 저 산 해기러기 우러
야무진 가래나무 같은
두이 설움으로 걸어가지

오리야

오늘은 하로진일 해가 맑았다
그네 뛰는 단오제는
숭을 부르는 갈바람이요
왕골대 꺾이는 찬서릿길에
따사한 공기와 햇볕이
저녁은 고요롭구나
오리 떼야
겨울은 아는 거니
오리야

시대

이른 시대를 거닐은
그대의 입이며 발코는
마침내 산에서 빛난다

별똥별이 자리 잡은
우리들 동화속 신화 같은
그런 떠중이 묘기스러운 곳

들창코에는 여름 여운이 가시지 않는
가난이라는 곳에 지독히 떨어진다

얽은 꽃 헌법 우에
여의도 도덕이 자라나고 푸른 피가 넘실거리는
아침보다 좋은 여의도를 우리는 존경한다

사랑이었지

그게 사랑이었지를
한번 이 불길하면서 살갗이 망각되는
입술 타들어가는 호수 끓던 물결만을
기대와 흐느낌 볼에는 따뜻하며 에리는
거친 호흡 슬픈 마음을

무진하게 그리워 봄날의 모란꽃을
끼얹은 갈구된 결박 당하는 쾌감의 몸살 같은
신이여 말해줘요

바람귀 바늘이 예리한 날카로운
무디면서 아픈 살쩜 속에
건드리면 짜릿한 흥분의 고통을 말해요
당신의 발 당신의 입술 당신의 광기를

미친 거칠면서 다감한
이 세계를 말해요

안개꽃 아침

강을 건너 산을 지난다
염소 수염 같은 이가 밭으로 밭으로

뜸배질 풀 늪에서
새로운 길을 찾어 심장이 전하는 야들한 하늘이 있어
곧 열어라 참깨문 할매가 흰 이슬 복술을 펴고

구름 저만큼 종달이도
띠르륵 소리쳐서 논만큼 산 거리에
버드나무 튼 냄새를 자랑질 하는
밤중에 돋은 개나리 벗은 어데쯤 있구요
누구는 저 남쪽 나라에 그 안섬에 이떤 것이

꿈은 빛나고 별은 맑고
세계는 숲길에서
나는 가난만 해서
그 이야기 노래가 좋았다

냥푼이

대냥푼 둘 셋째 날 잔치가 널이여
내가 알았던 사랑들이
지중지중 더뎌 비가 내리고 있다

삶은 지나가는데
나물새에 콩간장 시릇단지에 갤족히 자란
너의 몸이 서민이다

비가 나린 새벽 어젠가 저녁 아릇방에
비빔 큰 냥푼을 아직도 비는 울려서 떨어내고 있다
나는 행복이다 라고 하는 자기질이
부끄러워 뷔인 여름 냥푼을 생각했다

해 저녁·1

슬펐다 질마재 화양리 문전으로
퍽퍽 햇볕 같은 눈울이 있고
뻐스가 지나는 곳곳 죽은 것들의 한숨
쾅쾅 빚어 사리를 돌아서
문당리 들판으로 삶이 휘여지고
자개밭밭은 떡갈나무 숲도에 풀숲이 엉그라니
아침 8월은 사나웠다
운곡초등학교는 씰린 밤하늘
아이가 없었고 지난 나날은
상투를 벗었다고 닭백숙 끓이시던
그의 어떤 사람은 오지 않았다
질마재 가구 나무 파으란 불빛
마을마다 젊고 아름다운 옥수구가 째듯째줏 하였지마는
끝내 골골 안에 죽은 사람들은 돌아오지 않았다고
꼭다기 나뭇단 지붕의 여인은 말을 할 수는 없었다
조카의 큰덕골집 우에 청주 돌무더기의 노인이
사리를 왔다 갔다고 장암리 골턱으로
나의 아버지와 어머니 친할아버지
조상이 운곡을 껴켜 안아서 걸어갔다는데
일어나보니
질마재 가을이 붉근 한낮이다

여우각시

해가 지고 어둠이 온다
그 넷날에 여우각시가
뒷담에 열덴발 몇자나 넘을
또아리 그늘 친 짐승이 왔다고

우른것이 애기 젖내는 소리로 우를 때
수십 리 밖까지 문을 닫고 빗장을 일찍이 걸어
까만 밤을 보냈다고 한다

날카로운 쇳소리 같은 뾰족한 주둥이로
몇 날 며칠을 그 일이 있은 후에는
마을은 조용하고 이즉하니
깊은 전설 느러지고 시작되고

할매와 할아범의 까만 초가집이 생각은 나고
싸늘하고 서늘한 11월 보름달이 지나면
여우집 싸립문을 치울 것이다

여름 밤

이날 많이 쉬이 더웠다는 나라에
앉자 세인 들판엔 별이

당신을 홀로 보내고
나의 어머니 묘지기에
풀내음 개구리 서러웁다

스치기만 해도 울듯한 여름 나날아
가고 싶다는 고향 종소리는
어둠을 타고 흐르고

익어가는 곡섬의 아침
슬픔에 너그러움에 벽차기 물이 드는 곳

미호천 골짜기 물새 지껄리고
내가 놀다가 바라보는
그리하여 늙고 돌각은 뚝질을 쌓아
바닥 모래는 용궁 자라가 살았고

얼마나 젖줄 미호다리는 기드렁하고
젊은 사랑은 피를 부르고
왜가리 오리닭 청동구리는 잘있는지
이 여름 고향은 미호천에서 시작된다

이 사랑 흘러
이 마음 흘러간다
나의 삶 나의 고향
충청도 벌개 미호천 자락이
활활 흐른 아침이다

산비

산이 나리어 비가 온다면
나는 울어야 했다
나뭇가지에 부서지는 이름
어린이로 돌아와 울먹일 때는
부들 밭밭이 오리새로 그득하다

산잎 떨어진 요란하고 이글거렸던
소나기가 울릴 때
설음이나 고통은 지나가는 것이라는 말로도
눈물비가 가라 앉았다
여우비가 한창 윤기로 올 때쯤이면 어머니 생일날
한잔의 피 한잔으로 의롭고
큰 다른 잔으로 빗물 생명으로 떨어야 했다

땅비가 퉁퉁 떨어지는 봄비는
진달래 시암물 분홍 저고리 을퍼갈 때요
장미빛 이슬 맺혀 그리운 비가
장마 집에서 폭우가 욱신욱신 거녔다

8월 백중날 따가운 수박비 나려서
찬란한 가을이 이야기 한다

낙엽 지던 숨소리 차마 지나치지는 않어
때로는 와이셔츠 때맛이 뚫은 감나무집 령감이 찾아서 갔다

자작나무 익은 삶이 가고
가난한 동짓달 긴긴 서리와 눈비가 오던
고향나뭇집
나의 눈물에는 샛더미 자락이 지금도 매여져 있다

사랑방

자박스런 서리를 준비하신 가을밤
낙엽이 떨어트린 참으로 고운 달지붕
이제 와서 이슬을 내리어 가을이 온 줄 알았다

물동이 지른 밤하늘엔 가을 낙옆 불빛
세상이 모도 까메서 지나간다
웃고 울고 붉켜져서 슬프고 기쁜 건지
늘느름한 시간이 빽빽하다

봄빛이 즐거운 때를 전날 전밤은 기억하지
지금쯤에야 어리석은 끈을 놓으면서도
그럴까 이러하였을까
자꼬 가을 나이가 백열등 고추만큼 자라난다

둥근달이 쩌그러진 하로해 농사집
아마도 그이 노동에서 빛나고 촘촘 꺼져간
운명이며 고독이며 여러살이풀로 엮이어
내일 아침이면 싸리나무골 나뭇꾼 애기를
그 사랑방 켠켠으로 늙어가는 가을밭을 읽어 내야겠다

참서리가 울부짖던 후박나무 아침
무엇이 서러워 우울까

오두미

쌀 구름을 부르니
버들닢 봄인 줄 알어
나는 죄인 이였드니

우리는 3월로 가자
갓갓 피난 온 그이

겨우살이는 서럽지
한 소절 불러 보는 북간도에
남풍 사다 우는 설움을

버드나무 쌀 인가
회오리바람 곁에는
우애하는 여인도 있지요

척척만 느러진 그 자리
오두미 자루 아래
청녹색 제비 비를 내고

언긋언긋 다그질하는
세상 한갓쯤은
발길 아래 물맛이였더니

운명

이 저녁 만월 빛나는 시간에
누구는 시를 쓰고 어떤 이는 슬픈것도 오는데
우리는 기프고 슬픈것도 다함께 이뤄야 운명이라고

서름의 날이 많고
행복의 근원은 어디에
그대의 자랑스런 개발코에 어김없이 떠오른 이 밤중달은
커피를 뜨시게 귀리차 따는 넷스러움으로 오는

한 가지 나무 걸터앉은 내 지난날 뒤안길은
조이던 허름한 가난이 겨울에 싸늘한 등담을 켤때 고향별
이미 늙은 시냇물이 화담을 할만한 부러진 이 밤중에
당신이 찾은 꿈을 우리가 내린 뿌리의 의식 같은 나태

나는 달이 보득 지근한 얼이 생각나는 것이다
이 마음 별이 된 달에게

2부. 그리하여 봄은 오고

달이 숨었던 그 언덕으로

별 사이 넝쿨닢 별이 밝다
아 저녁 높이 달은
어디에 숭을 내이는 불등으로
가을 이슬도 내리고
비탈산 오리나무 산아래
아츰 하늘이 무섭도록 빛난다

질병

거렁뱅이 15세기 노래를 한다
중세의 신비 종교를
너는 날마다 21세기 중얼리 그 짓을 한다
우리는 병들 준비를 한다
그리고 어둠에서 위엄을 삼었다
마치 신을 동경하는

미래 신문지를 깔리고
어느 판 지하철 노숙인의 자존심으로
별이 확진되는 가을밤 밤나무 숲길에
개똥지빠귀 소리를 들었냐고
시대야말로 굶주림의 원한이다

태양이 맑었지

기분 좋은 하로에 작렬하던 웃들의 기움을
그것은 한탄과 죄의 요구였었지

걸린 말은 덤비고 옆집 외양간에선
기침하는 안전판 작동하는 권위의 징험들을
이렇게 그들은 그들의 조상은
나를 거룩하게 받들었지

새벽이면 발굽아래 우리 어미가 살았던 대로
우리는 발가붓이 하여 다 노예로

머슴으로 꼴을 베고 낫질하며
그리고 즐거운 아재요 나였다
왜놈의 머슴처럼

그리움

떠나는 날 샛노랗게 익은 여름 나날
살구씨를 생각하면서도
5월은 피지도 않아
바로 그녀를 보냈던 빛들이 슬플까

저녁은 별이 어둠과 산간의 조종은 울리리라
야릇한 그야말로 살갗의 흰 어깨와
짧은 머릿결과 둔덕에서
그 너머 지상의 입술을

떠난 그 거리에
눈물 흘리는 기억은 하던지요

숲으로 시원한 태양이
들판에서 사라지는 걸까
논병아리의 머리방아만이 귓가를
이륙한 심장으로 저녁이 기울어 갔다

나는 누구의 노예였나

이렇게
그러는 날에 스산하고 봄 같이 펴고
들판에는 싸랑싸랑 저녁이 붙었다

섣달 하룻날이 저물면
빈곤이 당신을 도둑질하는 그런 날이고
착취는 빈대를 달고 늙은 로승 눈솝 우에
구름이 지나갔다

어제 산진달래가 와 놀던 벼름빡 야생개는
말라비틀어진 풀뚝이 거칠게 따린다

오후의 기죽은 태양아
나는 글을 못 써서 발밑에 겨울은
이글거리는 추위로부터
자유의 깃발처럼 감상하는 오두막인가

자주 오라는 말은 눈을 감고 등불을 달릴 때
나는 누구의 노예였나
쓰러져가는 저녁을

사랑

비구름 가리운 그 어느 날은 기뻤지
당신의 몸매에 끼밀든 봄날 같은
다감하게 다긴 손놀림과 살결은
유월의 장미 경쾌한 리듬아

사랑하는 여인이여
언젠가 음악과 곡조 은밀한 외침
단샘으로 느꺼이 보았던
당신의 두 다리 속삭임으로 나무를 잎새를
눈감은 얼굴의 입맞춤 차라리
어깨에 나의 몸을 안았었습니다
초원의 영광보다 감로주 향연 젖꼭지로
여름은 다기었었지요
울새의 보금자리를 이제는 알았지요

머릿결은 보드랍고 시원한 여인의 언덕으로
웃음이 또아리 친 나의 침대 방안은
어느새 6월 장미가 퓌우고 지고 비가 왔습니다

나는 여인에게 그리움 바치고 사랑을 말했지요
그 사랑한다는 말로 저녁은 찬란했답니다

시 한 줄의 여인

시 한줄 목 내걸고
하룻날 고통을 견디는 희망 같은 설음은
나의 즐거움
그대 속삭이는 여름은 감미로워

끊임없이 괴로운 이 기쁨들은
서러운 가슴이 벼랑으로 떨어지는
사랑의 용서를

못난 나의 영혼아
잘난 쓸쓸한 고뇌를 바친다

가렴한 나의 무덤에
내 빛깔을 바라보는
그 여인이여

겨울 솟대

장난삼아 이 저녁 초밤
깜깜하니 안팎 마당엔
계집애 같은 구름 없어
거러 놓은 달도 멀은듯

색기 군밤 타령으로
기생집 춤이라도
이상한 담장 밖으로
벽작궁이 소란스럽다

언년이를 부를까
기집종이 말하길
사내놈 한번은 똑같다지
치마끈 풀어서
아니 올리 없다는

이렇게 가부좌 끌어놓고도
눈은 기미나 싹 한숨이니
나귓방울 멀겠다

언제는 제 식구로만 사렸는지

사방 오구십만 불러들이어도
입맛도 없다
잃어서 들망 고기잡이는
세상놈들 불러 인정이라도 맺어야지

아가야
네 허리 아래 노끈은
이제 풀어주렴
꽃피고 새 우는 날

물오른 겨울밤
여덟아홉 까지는
고구마 들기가 무거웁겠다

별

별꽃 따라 울었지
마지막 5월의 인사는
어둠 속에 유월의 슬픔이라고

줄기마다 갓갓 빛나던
3월의 봄날은
여름 서리를 위해 하였지

작은 세상 장미의 부러움으로 많이
이곳 여름 물들엉구나
삿담 하눌빛 옷은 헤이어서
그중에 당신들의 꽃길에 만난 사람

지난 시간 집들이 끊어진
불빛이 쌔하얗다

다리 사이 고향 만리 교곽은 기울어서
꽃이 없는 땅에 자란 별은 지고
태양은 오겠지요

부드러운 그대 눈인사도 없는

모래 언덕에 화사의 꽃
찬란한 여름의 나날도
대문 장미의 나날도 아침이 온다
당신의 열정이란
단지 멋멋 위해서요

가난

가난한 내 집 우에
쓰러진 토막의 어둠
그는 나를 확인한다

저울로 발폭으로 앉은 나를 꼬으고
때로는 당돌한 소용돌이 눈물과
얇은 치마로 추운 겨울에서

수녀의 검은 재단 같이
빛나라 그게 어려운 발목에서
팔걸이를 이룰 수는 있었다

옷가지가 짬매진 서울 북문에서
시굴의 갈포를 귀경하는
나라야 네 나라야

이웃들이 서럽다고
그러는 당신들의 기왓장 아래에
그늘이 쿵쿵 구르며
겨울밤 서리가 빛난다

추일오벽

싸긋하니 꾸은 달은 얼흔하게 시장을 쫓은 거름마다
섶이슬 긁은 나의 하눌아
밤의 유희는 빛나고
별은 초록별 샌 산밤 무서리 도도하게 나서
가을 뒹그능 뒝치에 닌함박에 가재미선에
얼근 넷 감흥과 운동장 탕탕 터지는 딱총이
산모도리 언덕을 어따 잊으려고 눈물 지였소

나는 한때 명예를 갑옷같이
문장을 유능한 상인의 점심밥같이
그러시였소 왜들 이 사람 났소
병인으로 있을 때 당신은 무얼 보았소
가을 영그를 무렵
그게 당신의 건강에 대한 믿음보다는
병인을 탈취하고 거드름 냄새 내키고
아룻동네 간난한 사람 넓차개를 조롱하는
이런 이러한 도의와 도안에 이름을 찔었였지요
나 또한 이러더러는 높은 신창에 거만한 기품과 의연보다
침노한 나를 시방 말이요

아 글쎄 가을엔
나의 능청이 벽 동짓달 참회요

그리하여 봄은 오고

그리하여 봄은 오고
겨울이 정직히 오면
눈사람 굴리고

시원한 이맛살에
아지랑이 오르면
가장 그럴듯하게

호리는 사로잡는 들망같이
가무라기는 뻘펄 바닷가에서

나는 잠에서
달을 주무르는
하루 전 온 눈썰매 할멈으로부터
비파 낭구 가지로
그 해에 이룬 것 없는
매부리코 할배집 닭서리를 한 것이다

농사촌

구름 넘은 거리엔 두 여인 살고 있어
살구전 열매가 된 시오릿길
있다가 희망은 개구리 시골에 울고 있다

농사촌 길 한여름 유월 시냇가
별이 지나가고 세월이 가고 물은 흐르니
조용한 내 마음 이리하여 즐거웁고나

괭이가 나린 밭밭가 하늘 올라서 가면
알지도 모르는 이 내음새 썩인 나의 논두렁 길
농부가 송이를 뿌렸고 논콩을 고르고
이가 삐친 물논에 달이 헤엄하며
밤도 어둠도 가는데

나방신 불볕에 이파리가 푸르른 산곡식
날은 매섭고 껌껌한데 지난해
골고 헤어진 소년의 이 기쁨을
삼성면 고향 여름날
곰방대 넷날 할머니가 그리웁다

무소유

감자밭에는
감자가 희옅게 자랐다
유월은 소리 없이
검은 물 하늘이다

밭에서 일어나는 그늘
뽕닢 윗가지 치던 누에 나무들이
치솟게 흔들리고 있고
왼켠에는 잘잘한 씨앗동이 밀린 여름날
오후 만큼이다

감자꽃은 하얗게 하늘을 보았고
곡식은 물논에 검둥오리부터 물큰 땅이다

마른 사막 가운데 지나는 기온들은
냉갈내 쬐여가면서
한녀름 밤을 탐닉했다

봄날 망촛대 성곽은 텃논 윗닢가지 싸물린
사랑하는 누이와 달렸던 많은 이야기
지졸대던 주머니 허벅지 물통은
바람으로 그뜩하다

조고마한 삶이 지붕 아래 모기수염 닿어서
저녁 말금절이로 왔다

냇가 푸른 산에
어데서 뻑꾹새가 오고
그릇이 없어 흘러가는 시간이다

동녀의 자살

진녀(진시황 때)삼천명중에 조선으로 왔겠다
해동성국에 깃발이 나리어
반도가 물로 옭히었는데
조선의 이름은 숙지황 감탕으로
오래 살고 볼 일이다

자연의 도도한 거센개는 뛰어 구름을 마르고
삼면이 동토를 물들일 때
이미 고조선의 삼국은 예물을 씻었다

백로는 고당에 백성은
고을마다 사는 곳이 저기요
세계는 문명의 아침인가
자살의 노래여

너의 잔에 보리수를 따러서 가는 땅이 서러운 버선발인가
비는 어젯밤 사랑은 아니건만
여인들의 호곡호곡 짓밟는 이방의 신은 묻었다

때는 이천년 가을 마당질에 알곡은 꽃이요
여미는 치마골은 어둠은 여름을 시해 하였다

둥둥 북소리 조종을 알리고 새벽이슬인가 피요
끄을음 때끼는
이 세상 심장은 벗었는가

자살의 방종
너는 울지도 살지도 않고도 매력은 있어
밤 깊은 골안 나의 눈동자는
해변의 뜰에 진진초록을 띠웠다

아 그 생애의 울음까지 젊은 것은 율동아
사과밭 동네 사는 아이는 정거장에 서서
저 불코 어린 꽃을 지고도 아름다웁구나
오 신의 동네여

창꽃아

창꽃아
넌 가만 앉아
물드는 봄꽃이지

낙엽 부토가 된
골마루 벼랑 우는
뻑국채는 놀고

저녁 빛골에 분홍의 다듬이꽃
너는 내가 미워서 슬픈 것인데
이같이 자란 입술
창대말 창꽃처럼

헷술안에 나팔꽃
바늘귀 달은 물긋피 같은
귀엽드란 말이지

예술

벽마다 별이 높은 곳
밤때 지나가네

붓이 가는 닭집에
술잔이 돌아
옛 고을 개구리 울던
마을가 찾은 화가는
뜻은 없어라

산은 그늘에
어둠을 내려 뜨고
시인의 영감은
그칠 줄 모르는 자연의 결기를 말하네

건너 산동네 번개똥
그 여인 사랑하네
예술의 시혼은 붓을 밀어
비가 나리네

산으로 가자

바람들이 사이에 꽉꽉 메우듯
어둠을 응시하는 다발들이 밀린다

닉닉한 구름의 항해사 해협으로 뱃길은
꽃으로 밭으로 들판에
지평선 그늘은 쿠다랗게 포말 같은 작응성으로

나는 절망과 희망을 기다리는 노부되는
항구는 언제나 안전하다

노획물을 기다리는 어부의 귀뿌리에는
어느덧 돛대에 뿔 달린 기형의 잔상과 과오를

어둠 속으로 빛나던 별은 창공에 깃발을 높이 들고
가장 나약하고 미온적인 미더스가 물을 씻었던

자작나무 숲으로 가자
대양은 불안하고 소문처럼
당신의 집에는 평등을 거둬주시오,라는
길에서 사회로 우리들은 할 짓이든지 말한다든지
기억에는 없을 것이오

산으로 가자
우리들의 지친 영혼에서 소유물이나 그 외의 소득은
비 고르고 보기에는 그 개의 노젓는 의연함이 작고 어리석은

함께 산으로 가자
들피리라도 홍홍거릴
세상의 아이처럼
떡갈나무 찬
그곳에서 당신을 부를 테니까

나는 당신을 믿어요

이쁜 소리로
그대의 달콤한 오뉴월 같은
감미로움으로
왔다면 성큼섬큼 오세요

눈스런 날이 올까라는
걱정이나 지각
나는 당신을 믿어요
가을 울린 낙엽 밟던 그 길
덜름거리던 사랑의 진줏빛을

아 가을 지나
눈이 내린다는
콧심에 셧츠로 보이는 살갗의 두려움을
당신은 바라는지요

눈이 오고 있어요
치마 우에 나린 고귀한 달빛도 아니면서
내가 잊지 못한다는
너의 살구처럼 흰 소매에
올려진 강하게 감춰진 유혹의 허리를

나는 12월 밤하늘에도
하얗게 숲속으로 가는 눈꽃숭이를
이렇게나 쓴 편지에
아래에 적어 놨습니다
눈 같은 그럴싸한 그녀여

진달래 꽃

나는 진달이가 겨울에 퓌우는 이치를
넌 비탈에 그늘아래
숭고하게 피웠다

동짓날 밤바람 소리
너의 우둔과 쓸쓸해 한
달놀이를 꽝꽝 저어간다
수줍게 돋어서 화려하게
단홍빛 물드는 산골 마을
내 누님같이

당신은 멋있었어
심드렁한 눈매
얄이 길은 다리에 껑추룽한 해변의 기요움을

아는 숲에서
샛더미 아래 줏은 밤으로
볼테야 거즛말 진달이를
그래서 12월 밤은 잔인한 영혼이다

3부. 일기를 쓴 가을

일기를 쓴 가을

일기를 쓰는 자밤시에 어둠은
밖갓 가을길 문이 열리여 오고가는 목숨 우에
샛떼는 잠든다지

어둠아 사랑아 한번만 대답해주렴
끝없는 호올로 외로운 갓길 같은

누구나 그대 맘을 홀킨 자욱에
기쁨도 슬픔도 거짓이라해도
담새이 아츰 그 길 우엔가

나즈막히 부른 이름 사랑아
한 번만 배고픈 사람
한 번도 아니고 두 번도 바라지 아니하였지만

밤새 웃는 별님 구름님 성황당님
그 님 나를 부르지마오

목덜미 시뻘겋게 움켜잡은
내 가을 사랑아

강아지

십 수 년이 된 강아지가 있다

집터에 봄이 열흘 닷새 년이 지난
터전이 살고 집이 이어지고
여름이 열다섯 번은 지나서

늙은 슬픔 계절이 지나든지
사람들이 나가든지 또는
어디서 오는 뼈다귀 지짐을 들고 나오는
우른 하늘 여름 숲에 여우동무가 운다든지
꽁지가 열발 쇠시렁 이가 자랐다든지

해서 어두웁다고
농부네 세간살이를 어지럽게 줏이 한다든지
하로해 이빨에 물린 애보개가 나온다든지 하는
이러한 물음들이
그에게서 나오고 밀렸었다

시골 노래

초원의 벌레는
사각상 무늬가 지어져 팥이요 콩이며

뼈다귀 노는 그릇에
저 동남풍을 잡아서
한 소절 그리운 사람에겐
금귤나무에 따라 온 바나나 껍질 파인애플이며

산골에 잘린 고얌나무의 후손이
희멀겋게 담은 것이
나는 일어나서
그녀가 곧 온다는 글을 읽고는

비짜루질에 구름 가는 하늘에
팥얼음 목젖이를 불러야
잠들은 자장가 거문고로 이룰 것이다

미호천

하눌천 망이 백리 동리길
잃은 삼사 십리 복사꽃
모래골 미호천 윗가로 흘러
가도 오십 리 길
불도화 4월은 절간 내음새
가도가도 꽃는 내음새다

미호천 하룻길
버들풀 왼종일 흐르면
곧 사랑한 엊그제 여인은
인제 갔다 온 색씨같이
닐닐리 피리 건넌
냉이 아가씨 와던
보리방아재 쑥국제비가 우롯다

개나리 아재가 마당을 지날 때
자두벌 봄새가 와
저녁이 들어서
잔숲가지 박새는
무엇이 즐거워하여 짖었다

마을산이 여름이요
개암나무 소내기 내어서
그쯤이면 온다는
두견이는 오지 않았다

물새 같은 초밤
초생달 인가
다리에 올라서
이처럼 어린 시절은
뜨겁고 무서워졌다

진천 농다리

벚꽃 창창 울리는
진천은 우물동 타래박 밭길이다
안에 매화 쟁이 산대가 있어 여인의 전설이 오고
씰린듯 가는 여행자만이 흰구름 비끼여 갔다

스물 너덧 개의 옛 고을 같은데
교곽으로 돌맹이를 져다간 내밀어서
바람이니 꽃이니 물길 통엣 길을
아흔아홉 굽굽이 나린 세월이
이제도 흔한 밧물에 놓었다

숨은 길은 꽃밭 나뷔가
꼬불렁 물돌귀가 앞서거니
가을밤에 둔 짚새기를 가져다 꼰은
느늘한 여인의 꽃같이
굴고 갤쪽하니 건논물 아래 그 아래에도
바우섬 한나를 낳어서 아마 꽃물에 죽은 사람까지
이 돌마루를 헤엄했을 것이다

고향마을

방죽가래실 흙담의 하늘
맑아서 울었다
연인의 손 묘지를 돌아
구름을 노래한다
숲길에 껴안아 주던
그녀의 가슴이 서럽다
밉고 외로워져 생기를 잃었었다
어머니 젖줄에서 태어난 구걸이다
나의 삶이 방죽마을 사랑을 걸으며
의안 받은 자랑이여
나는 그녀의 심장 소리를 들으며
4월의 음악 나뭇집 청솔모 가지가
새파랗게 울어주었다
그녀의 젖가슴으로
봄 가락이 울리었다

무심밭

아룻마을 삼성면을 떠난다
가을 바래기 해바늘가
문전 길을
오후의 가을은 파란불이 흔했다

미호천 길가엔 포장을 걷은
논밭이 주렁주렁 잎들을 쏟아 내이고
한낮 그들의 골짜기는 흘러간다

어두운 때만이 빛나던 청주 율량천 건물은
무심밭에 솟았다

커피가게엔 너닷명의 여인들
지하실 기름 내음새가 난다

무릎이 뵈인 실내화의
끈적한 민다리를 벌린
치마신이든지
둥글고 네모탁자의 의자는
가을 멀뚱하게 있다

구매표소의 등잔걸이에

진천 화장품 장사의 견과류 같은 상가 사이
우리들 셋은 무심천을 불질하고 있었다

닭알장수의 비애를 싼 애보개든지
호올로 길을 선언당한
그녀의 집난살이 눈빛이 옭히어서
광장에 부대찌개 반점으로 가서는
거저 시인이 된다는 인심이 사나웁어서
잔째 비틀은 시인이 비글어졌다

책이냐 돼지막이냐
담배를 지른
청주 식업방 의자를 깔어서
한공의 씨없는 수박이 홀애로웠다

그녀의 집터엔 깜깜한 노래와 연주를 츠이고
이곳이 도시인가

가수나에서 숙녀

가수나에서 숙녀로 그런 소월의 하룻날
퍼퍼 그리운 들판에 쓴다고 그런 감상들은
아까시아 나뭇닢은 꽃갈리게 다른 푸른 이 모냥 저기 끝에
5월 찔레 논물숭이는 얕고
농부야 마음에 생각은 하야니 붉고 맑을 듯이

나는 새하야요
이별이 호젓하게 그리워한다면
산이 그림자에 지워질 연꽃인 것을
잘게 문허진 돌짐다리 내 마음을 보듬어 줄래요
가수나가 숙녀로
젊은 바가지꽃이 늙은 11월 박꽃처럼
그리하게만 가더란 말인지

아츰밤 만든 바구니에 말풀이 싼 어린 내 동무는
돌우르 백석의 사투리 함경도에 만든 시어에
그런그런 시들이 미워질 때는
아조 간드러지게 매혹할 소월의 호젓하고
경건히 웃방에 아르간 비 오는 지짐이 좋고
해맑은 하눌이는 맑고 고요로운데
어쩐지 내가 태여나길 늦게 느게 아니면

초롱꽃 5월 우엔가
사랑 그는 믿지 못하면서도 한끝내 잊을 것들을
내가 어리석은 사람이라
개여울 곳간 고방에 찾는 이 없어

가도 뒤서거니 철마다 엎은 나무처럼만 걸어야지
치마에 진달 아가씨는 헤엄까지 느밀고 있는데
나는 구름까지 갔다고 마음을 추어본다

호롱불

꼭다믄 입술은 상처로 흘러와선
달빛을 어우르네
그 경이로운 하로 해변은 뜯어어서
가슴에 끄으른 길일이 된
히야신스는 늦은 낮과 밤에도 꽃소시게를
남치마에 울어져
생기 잃은 자연을 이루었다

까악한 밤나들이
변이의 벗은 옴크리면서
이것이다
빵을 만드는 시날의 무지개는 싫소
점잖어진 고통의 댓가는
저것이다

꽃초롱 어여쁜 님
별로 들마루에 감로에
말어서 오시는 시신의 넋
마을엔 뿔이 돋은
농부집 열둬발 소생원 쇠스렁방에
호롱불 넷적이 된다

내 어린 시간

미루나무 크은 밭뚝에
언제부터 여름이면
우는 말매미와 따가새 둥지는
내 어린 시간의 보물 거리였다
푸르고 길쭉하니 녀름 거리와
시굴집은 어울리고 그때만 해도
초가집 지붕에는 별 유신개가 섬뜩하니
무기를 압살한 우리들 눈꼽짝 이에는
있는 대로 우울한 미루나무를 사랑만 했다
어리석은 그 일들이 있고부터
학교에 우리들은 민지를 말어야 했다
널리 믿음으로부터 떠나는 것이다

방죽가래실 감상

어둠이 오는 저녁
겨울이 까만 이 저녁
버스에 앉아 많은 생각들이 넘어간다

여름 능선과 수증기 더위와 습기를
들판의 안위함
꼭다기에 붙었던 순수한 감상들

우리가 앓은 기억의 저 편으로 능달을 깔며
이야기 사랑을 두었던 신선한 맑은 이웃 하늘이
시들해가던 향기를 노래하면서
발 낮춰 행진하던 하늘소와 산다람쥐의 친근감으로

별빛은 거의 생기속에
지난날 어머니의 유쾌한 땅에 꺼안어
열정이 흘러나와 아픔을 만들었다는
물레방아 골짜기를

송사리가 나를 아침이면
깨우는 버들냇가에 물장구 놀이로
진종일내 모래와 도다흙으로 물기와 희망을 탕탕 튀기고
두 다리 잘근질하던 물길이 갈라진 틈 사이
모래무지 강낭밭 아저씨가 집그늘 져온다

우리는 방죽배미 둔벙에서 행복한지를
갈참나무 숲길에 만난 아배의 지게와
선소리꾼 묘지기가 울먹울먹 하였었다

그 때는 순수하다라는
멋진 말들은 고상하거나 지금쯤에는
안식년 거짓말이 떠오른 까닭은 슬프다

나는 때까지의 우름을 들었다
그 운명이 나를 시인으로 게으른 가난으로
다리를 놓았는지 모른다
그때에는 일곱 살 난 소년이었다

숲내 울따리가 늘은 마을 동네에
이따금 불이 켜지거나
내 어매가 와서 우물터에 빨래 뚜드리는 소릴 듣는다

부조리

태양 빛깔리는 그 무엇에게
경의로 비롯된다
강가에 부들물이 깨어서 따스운 국물이
식탁에 오르는
이 경이로운 일을 사랑한다

물물에 기여가는 장고기든지
뙤약볕에 흘리는 보물집 같은
 이웃집 젊고 성성한 일꾼을 본다는 것은
시대의 자랑인 것이다

우리가 사람이 아니라
우리가 짐승이라고 말하는 우리는
가서 노숙자에게 배울 일이다

고마워하고
가슴 기피 느끼지는 않아도
한결에 흐르는 젊은 그리고 그득히 담겨오는 마음은
누구하나 싫어지거나 나쁜 이해는 아니다

밖에서 우리들 슬픈 세상에
태양은 온전했다
따개비의 노래와 풀숲이의 소근 대는 귓가리개를

미워하지 말고 당신들은 사람이다

노여운 것은 바닥에나 놔두고
우리의 가난쯤 있은 것은
당신의 훈장 앞에서 거룩함을 적어 놔라

겨울이 왔다면
반드시 봄은 불어온다
부자들에게 떠들게 하지마라
왜 당신의 영토에
배때기 부른 공무원, 정치가, 궁궐의
주인을 들어 놓느냐고

노랑 꾀꼬리는 팥깐 콩새는
당신의 조력자로
잊지 못하는 그대 사전에 법을 따지는 짐승은
믿지도 듣지도 말라

이게 인간의 종교요 따름이다
넌 신이 될 이유는 없다
누가 신이냐

괴산 호국원

장글장글한 이 밤이 새이도록
푸른 달이 지날 때
아버이는 돌아갔지요
멀은 달밤이 좋다는
그녀의 아버지는

사과는 세동이 배가 셋에 쪼그라진 이빠리 넙죽이포
깡깡 오른 상다리 전에는
액의 그림우에 호국원 우에
괴산이 뜨리워진 아배의 산 우에
나는 서서 있었다

구름이 흘러간다
꼭다기엔 봄이 여름이 그렇게 흘러간다
태여난 고당엔 안개와 비
나의 살았던 살구꽃은 매화는 저었였나

안팎에 퓌였던 꿈들이
한둘 잎 사라져 갈 때쯤에는
아배가 돌아와서 뒷울 안에 꺼진 불빛으로
불러었던 소리들

어데서 다듬이가 뛴다
엄매가 왔다
그 하늘은

아배가 죽음에
아지가 기여왔다
흰 구름들이 봄을 하여
아들들은 복신에게 울었다
괴양에 괴강에 산길이
아버지 집이다

더덕에 배암이 살어서
나의 하늘은 까맣게
쓴 커피 잔으로 문화를 얻어가는
향기가 난다
아버지 담배 냄새가
이 봄날 낯선 문창에 났다
괴산이라는 곳곳이
고향이라고 도화꽃은 진달래는
살 내음새가 타들어가는
괴산 괴강이 기괴롭다

내가 일곱 살 때

무진 애닲은 마음 가지고도
세상을 싫어했다지
쉬이 걸었던 그 땅덩이
지금 고즈곤히
지붕에 별을 얹고
참으로 많은 시간이 지나
거울에 사귀었지
나를 모호하게 아직
이때쯤 깡통달은 노엽게 밤하늘을
흘러간 시냇물은
어늬 꿈을 이루어 놀았을까
일곱살 그 때는
한없은 수고와 비탈에 고비 같이
반물을 거러 널렀지
한쪽엔 개똥지바귀로
남빛 설익은 봄줏으로
이렇게 고운 사람의 아이가
나는 보고 배웠다
수풀과 닢들 그들의 경건함을
오늘 겨울 꿈에는 변하지 않은
내가 있었다
언제나

시인이 되고 싶은

날들이 오고 가는 갓갓 정거장엔
가을이 묽어진다
오늘은 나들이 그와 만나서
우아기 동네를 예절로 다뤘는데
퍽치마 뜯은 헝겊 같았다

나는 생각했다
그리고 모든 것들로부터 이별을 만들었다
마음으로 그 인정으로 시야 튼 아침

서러운 과거에서 바람턱으로 오르던
백석의 이념인가
나는 그들의 더러움에 울어야 하였다
예수쟁이 통곡은 어딘가
그 물음들은 벌늪에서
가을 톱질하는 소리를 지웠었다

시인이 된다는
막막한 대지와 무엇이 되고 싶다는
그리고 된다는 몇 백리 천 리 길에
 어느 누가 온 바퀴로 세상을 즈려 왔어도
당신의 감상은
지방의 이름 없는 문생이다

추억

먼데 지나간 중학교 고당 앞대
옆이옆이 터진 하천뚝 물길 수십 리 길
나는 앞에서 바라보다
그만 옛적을 떠올린다
구구락지 중터지 모래무지가 살던
뻘과 모래를 생각한다
오늘은 물이 황토빛
비가 서너 댓 달 된 것처럼
쏘내기 오듯 하고는 있는데
모자르고 힘겹게 다정히 여유로운 이가
아침에 생각은 난다

이 즐거운 비를 맞었다

비가 나리는 늦가을 오후
물끄러미 쓰다간 가벼이 낲새가
나뭇가지에서 쓸린다
아 떠러지는 포석인가

죽음을 준비하는 나무
삶과 교외사이
무슨 밖과 안을 물어보고

그동안 우리들은 포석을 놓고
비를 맞었다
혼자라도 이 즐거운 비를 맞었다

청주의 감정

아 새로운 사랑의 표식에
지난 것은 말이 없다
걱정을 애린 이 희오라 감정은 우연일까

모든것은 물빛 같이 경을 읽은 산사 생각나는 시월의 숭내는
그들과 함께 목탁을 두드린다

내 어매의 다듬이 소리가 절로 그리워진 아침
붉은 빛깔 이 저녁 청주 궁궁이 싹은 되고
돌아올 목마른 가을 슬픔이여

매미야 우느냐

매미야 우느냐
그런 우름으로 사랑은 차지를 않어
내가 나무에서 우는 것은 무엇이냐
허구헌날 네가 우러서 개얌나무 열매까지 떨어진다
초록색 한시 한날에 날어가면 그만이지마는
매미야 눈깜찍임새에 이레 여드레 단이슬도
채국채국 줏지도 못한다는 생명이여
매미야 우른 매미야

벽

이 밤 때문에 깊어진 나이금이 한둘 나고 두 줄에
씨암탉 새끼를 꼬은 사랑방 김서방 오두방정이 밀리는
나는 나라와 나를 사람간에 그 불행을
오늘은 청주에서 가로수 낙엽이 튄것을 보기도 하고
그래서 바람까지 흔들어야 익숙한 영역표시를 하는
청주대학교 정문은 날쌔고 날이 긴 장칼같은
그런데도 여전히 담배 따놓고 댕추자루 팔어서
시골집 아이들은 먼 시굴에서 예까지
무엇을 어떻게 배운다는 너를
유학비를 내고 가르친다는 강단은
넷 초야에 유생들이 그립고
백정을 찌르고 위압한 학살의 무리들은 선비라고
나는 오늘 밤
선비도 대학생도 가르치는 현자도 되었다가
개새끼 하면서 나는 다시 줏었다

비애

가까운 거리에 노래 있고
토라진 장미가
술잔으로 웃음 지을 때면
그녀 눈물에는
이슬이 자라났지

노래와 춤 배부른 것들을
나는 사랑하지 않았지
지난것은 지붕에
간데없이 어울리는데

바람의 잎사귀는
할 일 없이 저녁을 기다리네

사람도 꽃일까
나는 자연의 기쁨속
신의 친절을 용서하지 않을까

말똥구리

말똥구리의 겨울은
차갑고 매섭다
기울게 날개를 펴고

어디서든 불완전한
불운한 눈을 가지며
나러 가는 그의 눈들

도시의 건물들
거리의 위협적인 사람들

순금으로 장식된 기호를 바라보며
아래 분노 이글거리는

토지의 개척자 말똥구리 하늘은
아득하니 겨울이다

4부. 기차오는 저녁이면

가을 조상

조상은 짚동새기를 꺾이었었다
가을은 늬가 주인은 아니고
다아 나가 내가 된다

가을 아침 열면
새끼손까락에 풀이슬 멕이던
나의 조상 할배의 할배 아배의 아배가 짚동석우에
구름접시전을 차린다

쏠리는 들찬너메 해신이 눈부시다

자존감

하늘 벌에 앉은 밤
백제는 가야금으로 삼천리 꽃
옥수수 익어가는 수염들이
하이얗게 새이는 달밤

님은 북간도 소식에
진달래 하많고 지내갔는데
나의 오른손은 왼손으로
죄를 씻고 조밥을 먹었다

영광으로 빛나던 침략의 달그른 조선은
어데에 있었나

영성은 나뭇가지에 파르스름한 기왓골에
여름은 거문고를 부르는데 웅기가 있고
오동나무 짚판장에 세기가 닳어
자두가 웃집아이 빨갱코를 부른다

유월 깊은 산막집
손뒷 풀내음새
베이는 길가 쇠스렁사이
나의 음악으로부터 자유를 이혼당한 아릇 마을 남정네야

뭐였는가 하고 거울에 맑고 깨끄듬하니
빛나서 슬퍼진다

나는 그럴까
그대의 진정한 고통만이
여름에서만 빛난다는 것을
이제 사랑해야지
다른 별들까지……

울든 아이가

우름 울든 아이가 조롱이 입고 박우지꽃 심고
얼마나 지나 가을 비 오는 날

아침 서넛바꾸 돌아와
쏘내기 데야 가을 들녘에

이러한 일들이 몰어두고 그뜩이나 하고 다니던 길이
새이 그 소년은 늙은 것은 아니다
무서리가 그의 멀머리에 꽃이 든 것이니

할배

은색의 덩이구름들 하늘 아츰이 해 막어서
딱따구니 녀석 음색이
물갈퀴 지니는 소리를 한다
그 우에 공중 우에
미루나무 심은 할배의 때때가
그리워지는 비가 그친 하늘을 보면서
초가녕짚 잔잔함을 그리는 건
지나간 시절하고 영혼을 말해서일까

아배가 기다렸다

불 켜지는 시골 마을에
고무 신창 낡은 우리 아배가 기다렸다
나뭇거리 시오릿길 넉이넉히 멀른 먼산 나무 하로해는
길이가 남다른 여름 갯골보다 넓고 갤쭉한 그늬 지팡이는
허리아래가 구비 아흔 길

눈이 씰린 산턱 봄마중 둔턱에 지게 잡고
아궁지에 밥때를
장작더미 없는 가난살이 집
우리들은 자라났다

검불수염이 잘도 쩔쩔 끙할 때
돌지내비 하늘소는 그렇게 울도록 씨퍼런 겨울은
타다가 지워져만 갔다

자장가

영혼이 잠든 묘지
어마니를 깨우는 양광이 내리쬐고
평온하던 바다모래가
그대를 눈으로 감기게 하지
넋을 버린 오두막 주막집 옛적으로 올 때
어린이 잠자던 요람을
뒤로 뒤로 다녀가던 아저씨며
삼촌의 허리 감기는 저녁
별입니다 아가야 별입니다 아가여
냇천에 흐르는 공기방울 구르는
소녀의 순수에서 잠들다 잠들다
그 혼불은 잠잔다

높

시인의 꽃은 지고
별은 푸르게 여름으로 돌아간다
내가 알고자 하는 사랑까지

높높 여름이 올 때면
파르스름한 여인의 입술은 북덤불을 쬐이었었다
다정한 눈매 눈뜬 사랑아
이제 널 버리고 간다

나의 꿈은 빗나간 보리밭
한 소절 뇌이고 있구나
더러운 산그늘에도 밤은 오고
종소리는 일없이 지껄이고

터지는 나의 심장이여
여름 싱그러운 풀밭이란 말인가
이제 나를 잊어주오
모든 것은 이별이였다

의미

한참 헤매는 이 몸에게
애닳다는 말은
나에게 반항하는가
여인이여

죽음을 선택하겠는가
오직 선의적인 나에게
악의 꽃을 바친 혐오함이여

그대가 소중한 것들이 무엇인가
오두미에 진주걸이를
나의 영혼은 팔지 않는다
슬퍼서 무엇이 슬퍼서

작두잡이 애 무당에게
서글픈 칼날에 목을 자르는가
가져가라 세상의 나날도
세상 같은 것은 취미도 없나니

가져라 너의 꽃아
원한다면 가져가라

가난뱅이

잠간에
나무 생기가 꽃이 된다
하야니 우주에 젖은
희고 발그레한 눈
절뚝거리는 버스 정류장으로
다리가 불편한가 보다
청바지에 점퍼를 걸치고 걸어오는
왼쪽 다리를 힘겹게 딛고 온다
미끄러지면 그러다가 멈추고 한숨을 쉬듯이
마스크 하얀 입김을 불어낸다
코로나 질병의 열기 눈은 오고
아무래도 저 여인의 아픈 다리는
우리들의 마음 일것이다
우리는 장애를 가지고
태여난다
모두의 몰골이고 의지이다
하면서 아픈 여인에게
제 멋대로 돌매질을 혀 대었다
우리는 나라지만
나라 대접도 못한다
착한 사람들은

화살귀에 맞고 신음하는 먹잇감이다
쓰러진 다리에 피를 흘리며
눈물을 글썽이고 애원하며
살려 달라는 비명을 외쳐도
가난에게 이웃도 연인도
그 어떤 구원도 없다
버스 밖 진눈깨비같이
그렇게 가난은 지금 내리는 눈이다

늙은이 노래

찾어 드는 검은 새마리를
오늘 아침에도 보았지
짧은 다리 걸고
날개를 퍼트린 사람 같이

귀털이 날다람쥐 그림자에
달을 엎은 어두운 산에서 걸어온
두려운 눈깔
문을 열고 괴상한 모습으로

그는 캄캄했다
뿔 달린 소의 머리와 눈깔이 말갛게 굴리는
꿈도 자라지 않은 길에
현실로 걸어 나왔다
우글거리는 너의 혀를
히끗이 피어내는

연필과 헌법이 마련된
늙은이 노래 부르는
너는 나를 어떻게
나를 버리고 공상 같은 심지를 자빠뜨리는

나는 어리석은 책이다
나약한 성궤
이방신을 띄우고 단군을 부정했다

묘향산에 백두산을
주목을 자랑하면서도
미련한 나에게

한 없는 정치를
단물로 받어 먹는
내 목구멍이여

벚꽃 귀경길

벚꽃 귀경길엔
하이얀 겨울이
그렇게 입춘 울파주가 내리게
뚝빵길 가업 도시에는 자동차 화물칸들
억새귀 물닭 츠는 낮빛
무심천 갤쪽한 다리아래
잔가지가 울먹울먹하고

말이 없는 물 흘러
곱단이 준 사랑 지내
무엇을 옮기는지
즐즐이 가부연 땅불은
벚물 눈물이 쓸리는지
바람은 와 멈추고 헤어진다

그이가 왔든 청능에는
아랫도리 후미진 골안으로
잎이 지고 부엽께나 쏜
엊그제 왔던 꽃눈은 아닌데
이럴까 저럴까
할 말은 맹이맹이 하면서
밤 속에나 있는 참깨 한 줄 심키는

그 사람은 아모도 모르는
벗 우물가를
거러가는 벗꽃이였다
허연 잎술마져 내여 주는 벗씨여

감자꽃

5월의 한길
다만 그 길이 누옥 일지라도
하루가 지칭게의 멋드러진 사랑이였으면

오므라진 입술
해는 밭 자리를 지난다
보라 꽃이 미워 슬픈 삶
말없이 걸어가는 뒷등성이엔
바다 해가 널너름한 하늘 높이 예쁘다고

산산 푸른 이름들이 감자바위 우에
하얗게 이름을 쓴다
대공의 예술 푸른 잎새가 주먹다시를 한다

나는 토신을 마중했다
감자방석 깔린 여름의 저녁
감자꽃은 무엇 때문에 외로웠을까

새의 왕

가을 초이렛날 저므니
바다는 매섭고 니빨을 사쿤다

신천옹이야
새의 왕 너는 부리로 날개로 발톱을 세운다지
그 먼 나라 신전에 우리들 고향 당집은
지금도 느므나무 가을밤 비도 와 비난수를 하는 거지

그러하지 않아도 넓은 뜰
받친 땅 기둥과 대리석 넷날 재물은 그것들이야
이방신 나는 신앙지도 없었다

아로새겨진 농마루에 쌔끼줄 걸어 놓고
고추와 껏해야 냉수 한 사발이면 자연하고 친해졌다

비가 씨들한 야밤 가을 떼버려라
그런 풍속과 너그럼까지
비야 가을에 오거라

소절 노랫가 부르는데

소절 노랫가 부르는데
살구씨 씨연한 둔덕에
옛 구절 생각은 나고
가락이 좋타
국시틀 엉덩이 멕이던
끝나게 창칼 나무판자 써래질 안간방은
보릿씨 고개 설름 범벅이 닉은
네 살든 동마늘은 이랫따
섣달 그믐께처럼 경건하게
밥텅이 주걱이
한참 된방아질 나리오면
코신을 신었던
김서방 아무개는 흰줄무늬 쌀은 싫었었다
이리도록 살었다
조상은 할매의 할매들은
밭때기가 저물어서
굶주린 제석군이 오는 날이면
당제가 올랐다
살구꽃이 돌마당에
도로방석이 퍼져서
부자같은 이는 버릴 줄도 알었다

막노동꾼

노동꾼들 추울 것이다
바람은 사납게 불고
어둠은 잡어 먹을 듯
이리저리 옷길은 늘어지고
해진 구녕으로 살빛은
푸르딩딩 오그리는 삶은 지나가고
도로에 뿌려진 막노동의 정한 빛은
배우질 못해서 아니면
팔자 좋아한다든지 조상 탓이든지
즘생이나 제왕은 바라지도 않는데
하루 삯을 벌어
목수멍에 술술이요
어딘가는 비루한 운명이 족쇄로 채워진
하루 노동자 나를 조롱하려면
사회를 나라를 이 땅 전부를
말하기로 하면 우리는 캄캄하다
하루 빌어먹는
나의 아비도 이랬다

미호천 가변

미호천 가변 우른 뜰이 있어
가서는 넏마을 우리들은 금정이
방축머리 지금은
물레방앗길 서러우는 앞산지

무릎질 찧고
산귀 팔벼개도 하여도 보고
방죽길 따러 아지는 걸었드랫는데
어매는 잔솔밭
아배는 가래나무 밭밭

풀고름 댕기는 쮸뺏쮸뺏
낯익은 하늘과 높다란 태양변
그 아래의 아래
신간 땅은 녹아서 찢어
꼴베는 지게각시는
나의 영혼은

고향이라고는 하드만
금당질도 내이고
한감 진 한강 살잇물 흐르는 겨겨로이

금강 한강은
그 성님이요
가난 때문에 버린
개울에 버들 하늘에
떠나러간 미호곡 바랭이 풀이다

하늘은 이 바람은
봄은 3월은 여름은
따개질 만이 나의 삶 이였었다

기차오는 저녁이면

기차오는 저녁이면
꽃길이 온다는 말
늠실늠실 물결인가
띠 이듯 오는 마실터에 선
할미꽃 당신 뒹굴게

새파란 들판 몰아 온
샘이꽃으로
집바람 들판 엉글어지게
아물아물 주먹꽃 따어가는
핏줄댕기 꼬듯 타래야

이루었지도 않은 그물게꽃
한동안 봤더래
그냥 지난 꽃마름에는
더 많이 외롭드래

가도가도 물재비 우름
초롬이도 얽은
청빗길이 한갓 그륵이다

새든 저녁에는

새든 저녁에는
몇 고랑 씩씩이나
열무씨 상추씨

교외탑 우름이
3월 나들이 속솔들
농사집까지는 퍼졌는데
기드렁이 농밭으로
농부가 도러왔다

아즈랑이 헌색씨는
트더진 광주리 멀머리에
아제 손가락 굵기의
나생이며 씨앗동이며 고들빼기 돌미나리 깡깡하고
봄밭이 쩡쩡 그득하다

기러기 날어 와
깜깜하게 오는 하로해를
때질을 한한
그 늬가 그리워졌다

봄내

다리 구멍으로 억새가 우럿다
마른 둔덩은 아니고
개천 내천 비가 나리어
눈꽃도 담뿍이한데

어찌 우럿는지
밤배 솟대가 걸리고
넓넓이 지난
퍼름하게 오는 가슴물

별은 개나리 꽃물
둘레둘레 활짝 우수워서
노란물이 나와
한 길은 다 개나리
갈대는 아비같이 늙은 밤이다

5부. 저녁은 사랑을 말한다

슬퍼서 느티나무라니

슬퍼서 느티나무라니
새싹이 잔치에
올갱이 스러웁게
아 강가는 굶는구나

별이 잠들은 이 어둔 골짜기
그 사나의 딸은
집에서 호롱불 심지를

느티나무가 많어서
넷적에는 고구려 신라 백제가
호국원을 찍는다
별이 날었다

각시는 강가에
산은 울따리에
새까마니 남포동 이른 홍계닭으로

오널 밤에는
괴양 골겟논을 걸어 봐야지
별띠를 따러서 울어야겠다
때끄는 달이 하늘만큼 씰린다

정신질환자

사람이 살았었다고 기억은 없다
모든것이 아름다운 시절이
홍수해에 아름드리 뇌전으로
혹여 그대의 구름으로
눈짤 찌푸린 그저 그런 가족은 있었나
마약쟁이의 달콤한 비련까지 모다 거짓말 환쟁이였다
나는 꼬마 때 정신병자로 내 고향은 일갈을 하였지
나는 그들의 정신질환자였다
바람은 늘 혹독하게 붙들어 주었지

울타리 저녁

재색이라는 울따리 저녁
감긴 다리 아래 해오름은 짧고 굵게 오고

시름과 서룸은 섣달 동지까지 가까웁고
어저께 나린 그 흰 눈은
소복하게 산허리 모퉁이를 비추는

아 여린 여인이여
색동저고리를 품은
넷사람 조울듯이

이 깜깜스런 저녁에도
비낀 담장 아래
달빛도 있으리니

심령술사

비 오는 밤이나 눈나른 오후에
있을 밤은 빛이고 달은 하눌은 그런데

우리는 변화가 많은 인간이 싫어서
이런 것들이 만감과 진공 사이에
무늬 없는 굴을 만들고

무한한 신뢰 속에 손을 잡어 넣고
빛은 있었다라고 씹는 심령술사의 놀이 궤도에
발맞춰 사는 뭐란 말이냐

별

개구리 얇은 밤
논뚝 둑이에는 가래질 낮이
대낮 꽃이 피었다

우에는 별이 건너만큼만 하게 떴다
적삼에 반지르름한 진흙이
별귀에 운다

시골 마을 귓가에
어제 불었던 바람이
꽃으로 자리를 마련한 시간에
돌틈 빛나는 구렝이가 혀를 내밀어
5월밤 별이 기운다

낯선 벼름박 흙담집 별이
그나마 웃는 시절이다

이별 나들이

유월 초하룻날
새벽은 기차가 기드렁하게 쉬는
가벼이 가벼워 그를 버린 이깔나무가 떠났다
바이런의 향기 그 안식향을
우리들 향기가 썩이고 문드러지며 가버린다
일정한 부피와 감각으로 한발에는 주술을
다른 것은 잊기로 하고
입과 혀 인지가 가능해진 닭줏이는 이웃 농사집에도
모내기 가자던 넷 할배의 아배를 떠올리는데
낯선 곳에 그들의 닉은 곳에 사람은
물음표어를 가지고 간단다
금당화가 화리송침을 잡는 골능성에게로
산지에 뿜어진 이슬 우에 아롱진 나의 조화를
사무친 것은 죄가 없을 뿐
이별에 입혀진 우울이 그들의 재산이다
나는 산돌림질 하러 간다
산으로

눈이 내린 저녁

눈이 내린 저녁
밥을 짓는다

누리끄리한 쌀뜨물에
상을 차리고
삶을 던져 놓고

감치를 열고
벌배추 한상 차려노꼬

가을에
물사랑이 그리운
눈빛으로 연연하는

어둠과 나의 숨결
뜨수은 국물에
어매가 찾어온다

젊은 나이

가끔씩 삶이라고 적어서
꼬깃한 젊은 나이 때는
끔찍한 꿈을 짓거나 읊은 예가 있었다
어매의 부드러운 눈길과 무한한 잣대의 그늘은
관용이나 우월해 우쭐대는
허드렇게 아랫집 울타리에 맘 놓고 펴펴는
개나리꽃 잎도 없는 봄이
그것만큼의 미안함을 둔다는 과오의 어른을
지금 나를 보는 것이고
입이 쓴 약을 먹는
나름의 쓸쓸한 시인이라고
떠드는 나를 거울에 비췬다
지금 버스는 가는 일일까

정다운 여인이여

상수리나무 저녁 오고
흰 구름 조각 따서는 밥을 짓고
쌀독에 쳐멘 그리움이 자라나는

이 저녁 때 나의 눈부신 사랑이여
울어 달란 말은 잊지도 않고
갈대지붕은 개구리 밥솥 입맛도 없게 우는구나

이 사랑이 애닳다면 데려가 주오
풀벌레 우는 풀밭과
그대 오두막 사잇길 놔두지는 못한다오
정다운 여인이여

사람꽃

어제는 넝쿨 찔래꽃이 여물어 한길로 가서 있었지
희기도 해서 산이니 들판이니 피워서 노래를 부르지
시간이고 세월은 가만히 도랑가 웃듬한 희망이며
목가시며 아카시아 늘은 마을에 돌각을 뜬 고향에서
맑고 곱든지 곡조를 뜯는 농사집은 어떻고요

진흙에 거마리 흙물에 모내기 논논그릇에 이웃집은
국수분틀 잔칫날 뒷짐을 쪄두었다
이러저러한 생각으로
내가 사랑한다는 여인은 자고 있을까

가까이 부헝이가 울을 것이다

부엉이

텅납새 우는 겨울밤
부헝이는 제 분수를 알어

엉엉 울다가
달이 끄는 수레로
놀이를 한다

별빛이 제 모든 먹잇감인 줄 알고
담모도리에
복쪽재비의 수염을 다러 놓고

검은 지평선을 나누고 기대는

바우섶 어딘가에
희한하게 굴리고 있다

저녁은 사랑을 말한다

저녁은 사랑을 말한다
그 갸녀린 서글픔으로만 알게 하는 양심을
나는 네 앞에서 존중한다 말한다
그대 깜깜한 어둠을 즐기시는 눈솝우에 야릇하고
고전적으로 두 팔다리를 난 그대의 골안을 헤메이는
어떤 오목눈이 관목숲 노예입니다

마을

아룻마을 개 줏는 소리가 정겹고
하로해 가는 농부 집엔
십오촉 문등이 어울리는 여름날은
가더래도 아모나 잡고

별 애기 사랑 애기 옥수구 씹히는
냉갈내 내이는 깜깜한데
빛이 옛적이라 마을은
온통 호박꽃 달 그늘이여서 좋았다

들쥐 고방에 오른 여덟 달

들쥐 고방에 오른 여덟 달
쥐달 가난달이 뜬 밤에 구름 속 숨은
너냐 당나라 어떤 시인은
달이 물때에 비춰 심장 꺼내서 널었다고 하고
이야 세상사 호박꽃하고 새마을 운동하고
어울린다는 말들은 없을까
문제도 없는 문장으로 의자놀이 나랏말이 병들어서
시쳇말로 찡그른 달은 말이 없드니

허물

어설픈 의식 긴 의도 허물을 말하면
슬픈 갓이 사랑을 말하면 기쁜 것이 오지요

그리하여 삶은 빛나기도 아니면
비가 내여서 잔주름 고이 미투리를 삼은

버려도 되는 것을 깨닫지 못하고
나는 다듬잇돌에 애꿎은 나의 사랑만을 찧어 데였다

아 나의 착각과 경멸이여라

여인

논밭 가쟁이 곡식이 푸르나니
풀뚝 우는 여름아

언제 어둠을 기다리겠는지
이슬밭 그녀 신발을 삼어서
높이 달은 외롭게
어둠으로 돌아앉은
문 열어라 백일홍

너의 이때
풀밭은 쓸쓸하게
저녁달 그늘에 심지를 찢는다
구멍속 비듬의 유혹이 깜깜한 세상에서
저렇게 울고 푸르고 고이로운 것을
넌 울던 여인이냐

가경동 공원

건넌 놀이터에 백촉짜리 붉은
미끄럼틀 아래 빛나면
뭔가 아련한 큰 솔밭 공원에
가로등 까치집
초록 때깔이 물드는 솔바람 소리
나그네 밥상머리를 차린다

가경동 백철쭉이 자홍빛
언제 드는 꽃인가
이르는 저녁 어둔 밤하눌에
별이 이따금 끔찍하다
쪽 뻗은 아파트 건물
담벼락 상점에서
산벚나무 눈물을 보았다

고통

울려라 종소리
땅을 보듬은 이 고통을
들린다 질척거리는 풍금쟁이의 고난을
여름날 습한 온도와 습속

귀를 여는 문창호지 뚫고
교도관 문명이 오그린 저 언덕에
별를 딴다 별
가랑이에서 몸통 머리까지

울리거라
목구녕에 씨앗 심은 나이금
잔인함같이 고약한 꿈의 비릿내
그대 피가 하눌에 튄다

6부. 봄볕은 노랫가락

가경동 꽃 카페에서

늙은 사슴이 뛰는 이 동네는
보도블록이 긴긴 숨을 지르고
까치마다 나뭇 그늘이 있어
어울려야 될 백목련이 낯선 동무가 기울어진다

병신이 된 도시에서
외로운 사람들이 새끼를 나아서 된 집담
아파트촌에 사는 운명들이
눈이 내려 비가 될 때는
기여기여 간 개나리꽃
나는 3월을 애기 할 수는 없었다

한때가 참 곱긴 했는데
가경동 하늘은 야릇하니 미워진다
나는 홀로 아름다워서
슬프고 외롭고 때로는 고픈 나날
넌 무엇을 알고 있는거니
나의 밤한눌에
별은 없었다

뿌린 씨알들 내리고 오르는

가경동 산웅뎅이엔
가끔은 씨알들이 타는 산등을 타고 지나는 구름들이
옛날 사러 온 그 백제를 생각한다
우리들의 뿌리는 어데 있는가

가만히 부른다
산철쭉이 된
나의 영혼과 슬픔들을
만나는 사람들이 세상에서
느티나무 고웁게 시린 하늘아래 있던 그 자리에서
자랑스러웁게 오는 시간과 우정이든지

눈빨이 날리는 오후의 식사와 차를 들고
뽕나무 숲길에 볍새를 만나고
산누에의 향기라든지
쑥국이가 어울린다나

그녀의 흰 이가 도드라진 이빨에
봄은 올 것이며
오고야 말리라는 용기는 가지고
가경동은 지난다
긴 배와 무심천

인상 깊은 반 십 년 시인으로 살았던 고장이나
청주 거릿길
가경동 꽃카페는 이러하다
숭배의 자유 속에
시는 늘어 가고
꽃길로 오는 가난한 이것만을 사랑한다

건널목

도시에는 건널목이 도처에
입을 벌리고 있다
해마다 길은 양푼에 담어
비가 내리는 도로를 걸으며
눈을 지긋이 뜨고
마음에 봄 냉이든지 공원의 까치집 높은 나무에
시굴에 살았든 도시 건널목으로
빛깔이 묽은 사람들이 움직이며
웃고 떠드는 소리들이
봄은 많은 기다림이 스치는
시대라는 건널목 슬픔다웁게
하늘아래 봄은 정이 많은 시절이었다

이렇게나
슬픈 것 기쁜 것이 오는 까막눈이
사람들을 바라보면서
한끝나게 나들이를 매일 그것도
절망할 그 날까지
건널목 먼먼 기차가 울어대며
그들이 서서 흰옷 붉은 옷 가위옷 베틀 걸러내는
백철쭉 집에 봄이 마른 잎새를 새겨 놀으며

흰 선으로 건너가는
그들의 봄내를
물컹물컹한 건넌 길이다

꽃길에서

그대 밭에는
눈이 나립니다
꽃밭에서 그 길은 곱기도 합니다
아침의 불빛에서
나뭇가지 무릿길 부딪쳐오는 숨 길이
나를 사랑하리라는 그 말

꽃밭에서
그대를 바라봅니다
눈길은 파도를 따고 바다를 떨어 봅니다
정원의 한켠 구석으로
이 심오한 말들과 꽃숭이를
눈 오는 그대 눈빛은
처량하게 바라봅니다

이리저리 회오리와 바람꽃으로
때로는 그 부드러운 봄길에 오는
나들이와 상냥한 말씨를
언젠가는 찾을 것입니다
내가 슬퍼하던 고당의 기억들을
이리하여 비가 된 눈꽃 그대를
지쳐가던 여름의 풀들
  나는 무연으로 거러 갔습니다
3월의 보드라운 들길에는

잎이 튼 자연의 기쁨으로
내 마음의 향기를 뿌리면서
내가 당신을 기다리려고 하였던 그 말을
이제 밖으로 눈이 도로를 지내 갑니다
그 사랑하는 눈빛까지

꽃들에게
겨울에는 이 꽃이 많이도 떨어지고
히야니 가린 그 가슴
저녁에 그 봄나물에
꽃길에서 당신을 보고 싶었습니다
당신을 사랑한다는 말들이
귓가에 쟁쟁 울리고 있을 때
이 잔이 당신의 노래를

담배꽁초

청주에 공원이 있는데
호떡이 밝은 집 관찰사가 머물러
옷가게 몇 십년 가업집이라는 밥집 곡석 알콩 깔린 좌판 할머
니를 따르던
눈을 부라릴 것만 같은 아전들이고
내가 보기로 살았는 거라면
꾸부러진 비둘기 날개를 딴 중앙공원
일곱 날에 하루 꽁짜 쌀밥을 대접한다는 사람들도 있고

날마다 널부러지고 깨진 이 도시를
알고 있던 영혼의 말하면 솔직하니 담배꽁초가
나의 가슴이고 등불이면서 얼굴을
아츰 거리를 비짜루질 비롯한 부헝이보다
부끄러운 줄은 알고 있다

하룻길 만큼 봄이 낳었다는 청주에
고향을 떠나온 내가
쉰 이국땅 코피를 마시고 과일쥬스 좋고
해멀리하게도 담배꽁초 버린 내가
시방 봄이 왔다면서
흰철쭉 공원 잎새를 지긋이 쥐고 있다
명암동 약수터 길에
탑골 안 이른 봄나들이 아침

그녀가 피어서
멀던 철쑥이 단물 약수터에
오리배 띄우는
눈매화 3월 초롱꽃 아래
눈이 내리었는데

물억새 한밤 지나
봄이 왔다는 길
하염없이 눈을 따리며 발축으로
왜 잎새는 데리고 놀지 않고
명암골 치마 입은 그녀는 댕기를 끌리지 않아도 이쁘고 착한건지

물은 흐르고 행길에 난 매화나무
자동차는 가고
가끔 사람들은 지나고
싸락눈이 아침을 만나서
히게 피어나는 즐거운 봄 놀리는 약수터

말수도 줄이고 나이도 줄어
늙은 우산에는 나름대로
눈 녹고 땅은 울어
오리배는 사람이 움직여서
약수터 봄은 오고 눈도 내리고
우리들 삶은 지나가고
물은 눈매화 이유로 흐른다

무심천

충청도 사투리를 구수하게 받는
물결이 지를만 하다
배 없는 돛대라도 달았으면

물결이 치달를만한 하눌이다
가랑닢 사이 따가운 볕살에
물총새 나러간다

떠나가는 물등을 두고 온
저 억만금의 갈대밭
소근대던 겨울의 색깔은

숨결 차거운 봄
헐떡거리는 물벼룩을 밀고 있다
오리떼 헤엄하는 무심천 선장에

벅벅 누룽지 할미를 찾기도 싶고
육거리 홍얼웅얼
억샛길 걸어보고
비 오는 날
아니면 눈 내려 서글플 여인쯤은
기대서 울먹일만하게

외면하는 벌늪가 무심천
바람돌 물가에 앉은 사람아
사람아 꽉 다문 심장에서

오늘만 당신을 그립다면
버리도록 허락하기를
흘린 물이 그늘에 가리었다

뜨란채 담길에

솔나무 파른 아파트촌
해는 붉게 빛나고
도시뚝에 걸어놓은 큰솔밭 가쟁귀
봄이 와 시퍼른 들판에 뽀르족하니
아침 구름 하늘 어울릴만큼 자란
따사하니 귀여운 노루 궁뎅이풀 보고 잡은
하룻길이다

뜨란채 아침의 봄
넉넉이 자고 낳고
보도블럭 행길에
개나리 이팝나무도 공원 벽돌 틈새이
촉귀풀 있어

산벗나무 눈숩은
나뭇길 가지 귀걸리 하는
나만한 기쁨일까
벽 뚫을 봄바람이
울려만 가고 싶은 문명의 가운데
산소나무가 시끌하다

밥

끼니가 우린 밤
도시들은 질서를 가지며
쭉쭉 뻗은 야명등 알리는
종각의 밤종소리
밥하는 시간에 집을 나섰다

짧은 치마에 긴 머리
학생 머리 중학교 소녀는 웃음 짓는다
어둠 왔던 교회탑
가느슥이 무릎을 구부린 것처럼
거창하게 도시는 목숨을 낸다

허연 쌀에 뚜물를 뿌리치고
빵가루떡 밀가루 범벅 나라에서
그런 대접하는 우리들 얼굴
단칸방 아파트 시집살이가
언제부턴가 어울리게 살고 있었다

봄길

큰 솔밭에 잔나뷔 오를까 말까
싹이 돋은 가경동 그 먼 이야기 속
왔다간 간 나들이옷 걸린
당신 봄길에
따사로이 앉아

들판과 빌딩들
숲의 위대함이 주는 기쁨으로
검은 도로를 달리는
사랑하여 봄길이 된 하눌빛 초봄
끊어지도록 이은 다리같은 흰색이며 주황의 꼬리를 풀고
저기 자동차 달리는 소리가 봄을 노래하면

살어서 죽은 가지에도 앉어 봤다는
영감쟁이의 비애며 슬픔이며 외로운 사랑 같은
젊은 동무가 말을 놓은다
끝가지에 봄은 두겹으로 오는
너의 이름들은 소풍 말은 상병이 널판을 들고
지내가는 머릿결 고우는 여인에게
건너 비짜루질 하고 낙엽질 쓸고 넓은
뜨란채 일고웁단지 쏠까지 담장 한길에
청소하는 그이 니마가 남다르면
그래서 봄은 귀하게 오느니

봄

작년 가쟁이도 부러져서
솔방울이 낼 때마다
툭툭 이별하게
작은 이별이라 하여도
너만큼 슬픈 이더냐

봄사발 들판처럼
욕쟁이 할망구 불러
너와 함께 놀어
곧 가버린 사람을 위해 노래를 가르쳐야지

어저께 나린 서리는 녹어서
진분홍 빛깔로 매화덩이를 놓아
서기로운 진달래
뚱뚱한 그 몸매는 뵈어야지

봄꽃

꽃으로 말하면
땅밑께 오는 이름이 즐거워 오는데
안마당 푸른 눈뎅이가
대롱이꽃 고드름 빛이다

사오월 모란꽃은 멀리
으름땡굴 사른 초등학교 불빛 밝다
고향 떡사발이 가까운 마을에서
떡시루를 엎은 맨드라미는
어매손이 같은
아부지는 달구지 끌고 산에서 들로 언덕을 너머
이른 장날을 갔다

그때 볕살 아츰은
닭치는 할매를 더리고
곧은 저고름을 널었다
할미꽃 높이 산모롱이 걸어서

빨랫터 며느리 우물돌은
길흔 산턱수염 자박지에
노랑머리 사슴을 띠우고 있다

봄볕은 노랫가락

노을이 사랑일 때 기억하리
비가와선 땅아래 생명들은 일어나 있다
거룩하고 거룩한지고
한때 너희 풀밭들로 이로운 이가 있었지
농부 밭밭 아래 새로운 삶
언저리에 얹은 흙이며 외로움이며 고독이며
이러하든지 속삭이는 자연의 음성이든지
나는 봄봄 뒷울 안에
뿌리고 있다
즐거이 부르짖고 있었다
씨와 날감자 웃듬하게도
나는 듣는다
나의 이야기와 소리와 살갗이든지

시꽃

겨울 음악에 취할 듯이
마음에 내리는 눈빛이 고요처럼 운다
내릴 듯 마를 듯 운다
이 마음에 나릴 듯
간결하게 웃을 듯

도시 저편에는 꽃다운 시꽃들이
웅성거리는 가을 나뭇닢 같이
서럽게 새와 풀따귀 그리고 꽃나무를
뷔이며 가고 운다

아침에 서러움이 한눌아래
이제 눈이 오는 도시를
수선을 떠러가는 나무꽃 모냥이를
쥐여가고 퍼펴 간
이 마음 도시를

떠러진 겨울에는 사람들이 우른다
밥을 먹는 새들의 울부짓움은
차라리 나의 고향 하늘을 바라본다
그들이 식탁 숟가락을

그들이 외로운 자리를
눈 녹이는 도롯가엔
콩나물 팔러가는 진할머니의 그림이
눈빛에 그리워지고 있다

차분하게 그리고 얼린
가난한 사람들의 밥 숟가락의
음악과 비극 옹컬진 음성들이
눈밖 창밖 안 쌓였다
내가 본 풍경들은
공원의 눈 녹이던 수호초 풀빛은
아직은 생생하게
눈이 나린 가경동 골안에
기피 묻이고 나려간다

비가 내리면

도롯가에 나리는 슬플것만 같은
네 마음 비가 오면
내 마음이란 것들은 쏟아지듯 한다
까맣고 하이옇고 빨강도 저므는 오훗길은
너 까지 사랑하는 꿈도 일렁일 때
집집 건물과 공원의 숙어진 나뭇가지에
마즌 내 눈물 맺어

봄비는 그렇게 움직이고
끊어진 다리에 낡은 페인트 벗겨진
꽃물 웅뎅이가 파포롱름하게
혹은 내 등안길에 떨어진
죽은 시인의 글이 운다

비가 오는 내 마음
쓸쓸히 거러 간 신발에 구멍 뚫리는
맨살 드러내는 계집애 정강이 솟대우에
구름 떠서 그리운 내음새
나의 젊은 시간이 구겨진다

세상 여인들

밭 따러 가던 애인은 코신을 꺼꾸로 바람 치마 메고
높은 신발굽을 쳐서 웬일인지 돌아보지 않는다
젖은 눈망울 산에서
진간장을 발굽아래 지긋이 밟듯이
그이 눈물은 피가 돌았다
산진달래는 고향을 떠나지 않고

누구이든지 그 산에서
볍새는 작은 숲을 보내고
봄밭에서 날었지마는
웃간방 꽃뿐이 언니 그 여동생은 도회지 멀고 흉한
어느날 돌아보는 바윗돌 이끼가 떠러져 나간 봄날에
혼자 살다가 쓸쓸하니 연탄꽝 볍씨 주머니에 엎퍼진
어매요 아배를 잊은
우리 얼굴을 모르게 지나간다

펑펑 터지는 화약놀이
냇물이 흐르고 잎은 지고 바람에 시들고
지난 해 그 전 방앗간 손잡이가 문드러진
꽤나 시간이 잃어버릴 즈음하여
산철쭉이 다시 피여나도록
늙은 산까치 즛어
김매기 오는 시절은 홍자색 빛깔은 여물지를 않었다

솔방울

따다가 나뭇간에 아버지는
기침을 하셨었다
뒷길 작은 산을 올라 솔나무 숲에서
겨울에는 그의 손등도 나무 껍데기도 다 갈라지고
기여서 나르던 꿩꿩새는 두 발가락에 가느스른 달빛이 맵다

먼 산 나무를 가르던 그의 지게에는
솔방울 나뭇짐 내릴 오홋턱에
해그늘 바라보며 한숨을 뿜어댄다
작대기 끝으로 쇳바람 구멍난 뚫어진 양말 한 켤레
샛끼줄 매듭아래 그의 삶도 마지막 숨이 멎을 즈음하여

눈이 내려가고
산바닥 쿵쿵 찧는 절구 소리가 울린
섣달 그믐 스무 여드레 새벽에
이름 없어 솔방울 같이
지게를 내려놓고 떠났다

아, 잔인한 날인 것을

스스로웁게 미소를 안은 너희 눈망울 또한 잔인하구나
진달이는 오고 그리하여 열애 그 또한 사랑이라고
오호라 2월의 증폭이여
다지도록 저물어 저 흐르던 고향의 개울가 넓넓들
나는 뜨거웁게 나날를 안어버린다
아수라의 저주 그 흙분이여
이리하여 걸어간 그 개울뚝 넷날하고도 오랜 지나간
또한 아픔을 또렷히 그대여
햇볕의 뜨거움 아니 그 역술를 신봉한다
너의 기쁨들 갸륵하고 욕정의 발짓들
꿈이는 사라지네
모퉁이 앉은 결백의 순정아
끝이 없다 꽃은 지어서
꼭다시 새벽에 많이 우는 창문으로
보고싶어서 그러한 눈물이
진진간장 항료우를 거스르던 젊은 여가를
발뚝에 고이 내리었었다

시와 꽃길

시 같은 시를
꽃 같은 꽃으로
길 따러간 가경동 아침이다

나와 시를 꽃길 거리에
우두머니 한켠 커피
목화처럼 울든 목련이
유리등 와우산 터미널에 거얼린다

푸르지오의 벽벽
겨울산 그 안개와 찾어 오는 손님들 앞으로
고향이 울면서 지내가는
나귀새 눈숩이 차마 인상적이었다

눈이 나리면 비를 쏟든지
높이 봄새가 오올라 할미새라도 좋으런만
도시 윗길에
하이얀 옷 빨강 꽃다리가
청주 복판에도 가난한 아이 집에 웃고 있다

떠러진 여름날
이여이여서 오시라고 한다

시 한잔 꽃길이 투박이 한잔은
늘은 물 싸리나뭇물이 기우러진다
시와 꽃길 가업집에
두 여인 손길아래 숨이 오고
태양이 구름까지 기우러 간다
자매의 그늘이 울먹일때면
그때 오시면 가을인가

눈시울이 울먹한 그날
아 나의 이지적이며 근심은 까페야
있을 때 자리를 기억하고
하늘님 동무님 꽃님이는
나는 사랑을 보았다
나는 눈물을 흘린다
시이며 꽃길이며 가업집이니
사랑은 눈이 부셨었다

청주 아이

봄이 온다고
이리 설레어 뵈기는
처음 지난 일이 그럽게
살피기도 하고 놓아 뜨린
지난날 아즈메 부르며 꼭두각시 내덕동 사촌 집에
 아이가 와 서럽게
트든 버들잎

그때 여름날은
병학이 병룡이 병화 사촌 조카의 두드레기 도시를
나는 즐기고 있었다
힘없는 아즈메 팔을 끼고
혹은 경찰관 형 광식의 쭈그른 쌀봉투를 만지면서도
시굴 아이 나를 끔찍하게 위해 주었던
형수의 사랑이 동정이 슬픔이

여나므 쉰해를 훌쩍이 넘기고도
철없는 나의 나이금 풀피리를
이제는 갓갓 바라보던 그녀의 입술이
땅오래 잠들은 그녀 의해
나는 지금 슬프다

봄 오는 청주 여섯거릿길

굽이 친 갈대가 물올라서
물 길은 무심천으로
물를 먹꼬 산으로 가 소가 되었다는 와우산 꼭다기를
청주가
내가 그리운 시간이 된다
봄이 꾸며진 그림으로
내덕동 동네 그녀가
혹시 있을지 모른다고
그 아이 어디쯤은 있을까
열무밭 그녀의 손을 옴키던 그 늦봄을
가슴짝에 울려 보았다

나는 지금
청주에 있다
지난 과거의 애첩같은 산허리를
무심천은 감싸고
하늘이 점점 가까운 청주가

형수와 내 마음에 토라진 풀닢을
구경 가던 그녀의 족두리 길
나들이 눈쏩이가
매암 헤메이였다

찹쌀떡

가난한 사람이 떡을 가지고
시와 꽃길에
많치도 않은 찹쌀떡으로
굶즈린 음악을 들으며
내 마음을 쓴다

겨울에 얼린 내 마음들이
허파와 대장을 막우 질으며
오뉴월 또랑물 흐르듯 간다
가난한 사람같이
호흡을 하면서

꼭다믄 그 사람 가지고 온
찹쌀떡 한덩이를
눈물과 쓸쓸하니 넘이갈 때

가경동 카페에선
저녁이 저물어 간다
둥근 쟁반 같은
오늘은 찹쌀밥 그늘이 지였다

청주 직지문

딱나무에 붓이 치고
그림이 그려지고
얼비치는 달밤

곱도록 누이고 그대로 내리찍은
질긴 껍질을 밝어 대며
껍질대로 손금대로 방위대로

웃턱에는 방아질
허리 턱 철당간 울따리를
검은 두루마리를 췬 습자생

먹물이 지나간다
태양이며 별이 쓴다
나무가 드는 산들판에

해야

가운데 박힌 너의 슬픔을
떠받든 몸과 마음
풀잎은 고고하게 그리고 얕이
그 설움 사는 꿈 이냐

아직 옷깃에선 찬바람 스치는
하면서 비치는 세상의 먹먹한 기쁨은
차라리 해가 아니길
엄마가 돌아가셨던 기억 속은
아련하게 짖어 짖어서
그리움 같지 않은 오감 덩어리

니마에 부딪쳐 오는 쓸쓸한 이 길에서
외롭다고 말하진 말자
소슬바람 울먹먹한 어떤 가을 날
봄산골 안개는 온전한 희망이 된
나는 3월의 한눌을 뜨고
아지랭이 높이 기다리고 있어

밥

2021년 4월 25일 초판 인쇄
2021년 4월 30일 1쇄 발행

지은이   장윤식
만든이   박찬순
만든곳   예술의숲
         등록 2002. 4. 25.(제25100-2007-37호)
         주   소 · 충북 청주시 상당구 교서로 2
         전   화 · 070-8838-2475
         휴 대 폰 · 010-5467-4774
         이 메 일 · cjpoem@hanmail.net

ⓒ 장윤식 2021. Printed in Cheongju, Korea
ISBN 978-89-6807-186-7 03810